奢华经典
200例
LUXURY CLASSIC

东易日盛编辑部 ● 主编

吉林科学技术出版社

CONTENTS

理想私宅
LIXIANGSIZHAI

经典风范

JINGDIANFENGFAN

LIXIANG

SIZHAI

理想私宅

欧洲宫廷风格客厅彰显尊贵

欧洲古典宫廷风格是承袭自文艺复兴末期的矫饰主义，着重强调感情的表现，强调流动感、戏剧性、夸张性等特点。此风格常采用富有动态感的造型要素，如曲线、斜线等。其设计理念被今天的设计师视作以人为中心的华丽典范。繁复的空间组合，浓重的布局色调，以及强烈的舒适感与细腻温馨的色调处理，把热情浪漫的艺术效果表达到极致。

01

02
奢华又不失温馨的餐厅

餐厅的设计会考虑的风格，它以黄色、白色、粉色等暖色调为主，给人以一种亲和力。在餐厅布置方面，也崇尚大方、经典的装饰，而不选择那些光怪陆离的装饰品。这样的餐厅虽然难免个性不足，但是却长久耐看。

奢华又不失温馨的餐厅

03

透白无压空间，舞出光影穿透之美

开阔无压的放松空间是身处都市丛林的现代人，最好的舒压享受。望向室内，沙发后方是通往楼下的楼梯，再利用立柱式的扶手，引进室外的自然光线，不受限于坪数的限制，打造半开放式日光屋。

04

法式遇见美式，我的典雅美居

　　法国是装饰艺术的发源地，法式风格家居的特点是充满浪漫的氛围，在设计上讲求心灵的自然回归感，给人一种扑面而来的浓郁气息。而美式风格则是空阔的房间，通透的采光。这款设计就将法式的吊灯、家具与美式的大房间完美结合。

05

情迷摩洛哥风情

所谓摩洛哥式装修，不过是在田园乡村的基调上加入一些摩洛哥元素罢了，装修成本于普通装修并无太大出入，关键在于要从常见的材料中搜索出靠近风格的那一部分，比如神庙式的门框和错落有致的仿真墙砖。

06

梦遇香居 体味格拉斯的生活方式

以格拉斯的生活意境及生活方式、色彩对比来营造一个简约现代、年轻的居住空间，展现出空间中活泼的阳光生气，使人恍如进入地中海附近的岛屿生活或度假。

07

端庄大气的风情住宅

以空间功能为主，以对居住者最深切的人文关怀为前提，打造出一种让人身心放松与环境和谐统一更人性化的精神和视觉空间；通过对光线、色彩、材质等来营造一种氛围，创造出一种端庄大气的美式风情住宅。

清新、自然的浓韵中国风

晶莹剔透的玻璃杯、光亮可鉴的餐具，细节之处最能表达主人的生活品质。餐厅的摆设十分简单，只有必备的家具和饰品，依旧延续客厅古典之美的风格，家具的色彩和款式与客厅也达成和谐统一，在闪闪发光的水晶灯下，在鲜花的陪伴中，没有更多的名贵，没有更多的金光闪闪，主人一样可以享受到美味而简单晚餐。

09

品位之家，尽显华丽气质

　　而如今随着时代产物的变化，消费文化和居住意识也发生变化，人们的思想也随之提升。高贵的沙发搭配，富丽堂皇的色彩搭配，都能体现奢华主题的另一面。

10一

打造温馨浪漫卧室

设计师将装饰的重点放在床和家具的选择以及空间的质感营造上面。本案的色调沉稳大方,空间的欧式宫廷风浓厚诱人,配以花纹绚丽的床品和做工细致的豪华大床,卧室的温馨浪漫感又进一步提升。

11

时尚布艺与整体空间的完美结合

欧美古典主义风格的床上布艺用品，在材料选择方面，以纯棉、绸缎、锦缎等素材，制作出印花、刺绣、提花三款床具式样。在细部创意上，则注重蕾丝花边的加工，极力营造床位立体美。

12

色彩点缀美好童年时光

孩子的空间仿佛换了个世界，色彩丰富了孩子的世界，黄色充满斑点和条纹的壁纸，在表达孩子的童真和稚气，良好的采光和没有经过雕琢的家具让孩子更好的亲近自然。

13

奢华古典欧式风格装修

开阔式的落地窗设计，充分利用的室外的自然光源，增加了室内的宽阔度。圆穹顶的吊顶搭配古典欧式吊灯，奢华的感觉不言而喻。

一 波普风格进行时

当然，波普风格不仅仅局限在时装上面，只要与设计有关的都可以波普，家居也不例外。从设计上说波普风格并不是一种单纯的、一致性的风格，而是各种风格的混合，他追求大众化下的、通俗的趣味，反对现代主义自命不凡的清高，在设计中强调新奇与独特，并大胆采用艳俗的色彩。

14

15

增添暖意，让家不再冰冷

　　在寒冷干燥的冬季，如何能让家里温暖如春呢？当冬天缓缓走近时，我们的居室也该适度地变装，特别要改变客厅这个居室中最大空间的色调、家具和配饰，从视觉、触感等各方面增添暖意，诠释出舒适温馨的风尚表情。即使是简约风格的客厅，在这个季节也要拒绝简单。

17

新古典架构，低调内敛的不凡品味

新古典主义风格主要特征在于作工考究、造型精炼而朴素，不作过密的细部装饰，以直线为基调，材质挑选更是首要任务。不似古典风格的繁复奢华，新古典在内敛低调的线条中，勾勒出不凡的品味价值。色调简约却充满华丽质感，在典雅的室内环境中，形塑自然悠闲氛围，一入屋内，疲惫感顿然消失。

18

恰到好处的中国元素点缀

经典的美式别墅装修设计，朴实大气，值得一提的是，其中还加入的中国风的元素，不仅不突兀反而协调。

19

简约干练的都市色彩

在都市光影变换，色彩无比丰富的世界中，白色可以让空间变得素洁与纯净，给人以恬适的清爽。本套案例的装修就是在白色的整体背景中，勾勒简约干练的线条，从而打造出都市里难能可贵的从容不迫的家居氛围。

晴碧布艺，引领时尚生活

蓝色属冷色系，这种色彩不论是如晴空般的蔚蓝，亦或是碧海般的颜色，又或是深蓝色的调子，均予人一种平静感，不其然产生一种凉快感觉，所以为家居"降温"，蓝色系的家品绝对是不可缺少的。简单以蓝色系的布艺品已可营造轻松凉意，如可为靠垫、沙发套及窗帘等家具换上蓝色"装束"。

_21

巧克力甜美卧室

实木质感的家具和纯皮的睡床，给空间融入了更多的巧克力颜色，雪白的墙壁就像是香甜的奶油，再用灰色的壁纸过渡，空间层次被拉开，甜美的卧室仿佛是一款深情的巧克力蛋糕。

22

简约清新，唯美的地中海风情

地中海风格家居，以其极具亲和力的田园风情及柔和的色调和组合，越来越赢得人们的喜爱。对于久居都市，习惯了喧嚣的现代都市人而言，地中海风格给人们以返璞归真的感受，同时体现了对于更高生活质量的要求。

23

凝练符号的中式居所

    对于时尚与另类虽然容易接受，但并不想让自己的家中充斥着躁动的因子；同时，舒适与简洁也是并行不悖的原则。中西两种风格穿插运用，任何一件东西都能发现两种符号。这也是一种融合。在穿插着两种符号的桌椅中，一种奇特而有趣的微妙平衡让空间多了许多看点。

简约中彰显北欧休闲情调

经典的白色、灰色和米色搭配，令整个房间的风格充满了北欧的自然简约风情。家具及隔断的硬线条设计，也将北欧风情发挥的淋漓尽致。

25

黑与白，现代与古典共舞

尽管色彩世界绚丽多姿，但是简单的黑与白却是公认的"经典色彩搭配"。在各种时尚服装品牌的新品发布会上，总能看到黑色与白色张扬摆酷的风格，黑、白是很有灵气的颜色，是永远不会过时、俗气的颜色。尽管黑白"泾渭分明"，我行我素，但是只要掌握好了两者间的比例关系，也能"水火相融"，搭配出和谐、清新的家居环境，不论是现代或古典的感觉都轻而易举地创造。

26

梦中的那片白桦林，让人心醉

纯净的野外空间，绿色的野地小溪隐约出现的白色木桥是那么的干净。越过小桥望眼过去是一片白桦树林……在这个家居设计里面，你就仿佛看到了那片遥远的白桦林。

复古典雅的吧台设计

乳白、雪白、仿古白的吧台带
来白色新古典主义的风情，配合自然
材质、营造舒适而安逸的触感。

一　都市光影　温情一派

在都市光影变换，色彩无比丰富的世界中，白色可以让空间变得素洁与纯净，给人以恬适的清爽。本案的装修就是在白色的整体背景中，勾勒简约干练的线条，从而打造出都市里难能可贵的从容不迫的家居氛围。

28

银致新贵 金属装点的时尚新家

银致新贵，简约、现代、时尚，金属装点的现代时尚家居，适合浪漫情人的精致搭配，这样的家装搭配让人心醉神迷。

30

体验都市中浪漫与优雅

在现代都市里，其实并不是真正意义上的乡村或者田园，它更像是一种体验，使人内心充满宁静和舒适。反映到家具上，根据侧重点的不同，或自然朴实或浪漫优雅，有着不同的观感和体验。

JINGDIAN

FENGFAN

经典风范

O1

娴熟自如的大空间的把握

磁蒸进取的前卫风格,上下连贯一气呵成,
却又在阳刚硬朗的格局中揉进熏衣草神秘紫色的幽
香,当真做到刚柔相济,令人击节赞赏!

02

整体空间的和谐统一

　　房屋里的每一件物品，从墙砖、地砖及居室配件，所有的
配置组合在一起，形成一个完整的家居。其中的每一个细节，
甚至是细微的尺寸变化都会影响整体的美感。实现细节的和
谐，能如实地表达你的家装品位。

03

浓郁咖啡色

本套设计运用了咖啡色为主调，咖啡色的使用给人稳重深沉的踏实感觉，中间装饰的点缀，又打破了色彩的凝重，整体感觉醇香：卡色的大量使用，给人稳重深沉的踏实感觉，又不缺少典雅气质，仿佛一杯香浓的焦糖拿铁，甘醇的咖啡中带着香醇的奶香味。

04 灯饰的空间独特表现力

光线能让居室空间更加明亮，尤其是在心理的感觉上，因光而生的温度也能增加暖意。因此灯饰成为温暖家居不能忽视的重点。在居家空间中，灯饰已成为家具布置搭配的桥梁。就质地而言，久违的透明灯饰又卷土重来，出现大量设计精美的水晶、玻璃灯具。清透质感能增强灯光的表现力，而玻璃、水晶的折射则能使光线富有动感。

06

大尺度空间

　　背景墙，顾名思义就是在居室中充当背景的墙面。它过去常常和电视、音响等相提并论，出现在客厅里、书房中，但是居室的个性化风潮越来越劲，纯装饰功能的背景墙出现在了居室的各个角落，面目和手法丰富多彩。

07

清新淡雅的复古风

在现代家居中，瓷砖的运用已超越了其传统的保护作用，更多的着重于装饰功效。在材质选择上，仿古砖、皮纹砖和波光砖行走在潮流和复古之间；设计风格上，古典的清新淡雅和现代的明艳欢快都发挥得淋漓尽致。

08

独特的生活质感

铺设地毯是一种时尚。地毯作为时尚家居中的一个部分，已经是室内装饰的重要内容，也成为主人展示自我风格的时尚元素。不同于地砖瓷砖的冰冷，现代的地毯以丰富的色彩和独有的质感，给人带来舒适的优质生活感受。

独特的敞开式设计理念

　　在现代家居中，餐厅正日益成为重要的活动场所，布置好餐厅，既能创造一个舒适的就餐环境，还会使居室增色不少。由于目前的家居户型不同，餐厅的形式也有几种情况。对于不同情况的餐厅，也需要考虑相应的布置方法。餐厅一般的色彩配搭都是随着客厅的，因为多数设计餐厅和客厅都是相通的，这主要是从空间感的角度来考量的。

后现代的唯美奢华

中国不是有句老话：民以食为天吗？我这就从我们的小餐厅出发吧，白色的餐桌椅，靠着独有的米黄色墙壁，有点炫眼的吊灯，比较特别的是，餐厅空间，还特意设计了一面反射镜子，也是黑白横断的镜面，看起来相当的刚练，却有时尚感十足。

11

古朴风卫浴

卫生间的设计延续整体的复古风格，采用暗色调的瓷砖和顶棚。洗手台选用复古实木花纹的柜子，与相同材质的化妆镜相互辉映，相同色调的大理石台面比较容易处理残留在上面的水渍。

古典贵族家居设计

红木地板、落地窗帘、欧式
风格的床饰，顶级古典的居家设
计，让整个卧室都营造出了其无
可替代的贵族风范。

13

小物件提升品味价值

　　楼梯是整个房间中另一个值得细细欣赏品位的地方。有着优美曲线的木艺扶手为坚硬光洁的台阶融入了丝丝柔情，而室内的小屋键设计则让楼梯空间彰显出富有格调的大气和高品位。

14

光线　提升空间品质

光线能让居室空间更加明亮，尤其是在心理的感觉上，因光而生的温度也能增加暖意。因此灯饰成为温暖家居不能忽视的重点。在居家空间中，灯饰已成为家具布置搭配的桥梁。就质地而言，久违的透明灯饰又卷土重来，出现大量设计精美的水晶、玻璃灯具。

15

视听文化的完美呈现

沉醉于影视天地的浪漫情怀，享受着大尺度画面的视觉冲击感，整个空间的视听功能完美地呈现出来。

16

简约、古典的餐厅设计

简约而古典的壁柜与整个家装设计风格配合的天衣无缝，在加上具有神奇魔力的壁纸，就像美丽的精灵一般，翩翩舞动，让居室主人的心情也随之变得灵动起来。

17

整体餐厅的灵魂

换一个角度来看看，设计师对餐厅整体空间的把握，古典、简约的风格，上下连贯一气呵成，却又在阳刚硬朗的格局中揉进熏衣草神秘紫色的幽香，当真做到刚柔相济，令人击节赞赏！

18

点缀空间小技巧

壁式的鱼缸设计是本套方案的点睛之笔，让整体空间效果立刻随着鱼儿的嬉戏而欢快、活跃起来了。

19

创意空间　时尚先锋

电视的背景墙没有做单独的设计，大面积的木纹效果已经让空间的基调显得与众不同了。时尚的装饰画架上米色的地面纹理，空间的创意感十足，不乏时尚气息。

现代家居厨房设计理念

　　本案的厨房设计将古典的实木橱柜与时尚的理石台面结合在一起，虽然稍感沉闷，但是金属拉丝质感的炉灶以及抽油烟机一下子使空间变亮，凸显现代感的同时又是整个空间不乏实用功能。

20

21

低调的欧式风格

简约的白色墙面，复古的拼接地砖，简单明了的吊顶设计加上丝绒布艺沙发就构成了低调的欧式装修风格。欧式风格的装修弊端是过于暗色调，而落地窗的通透采光刚好弥补的这一缺陷。

22

别具一格的餐厅设计

餐厅的设计融入了经典的复古风格，别具一格而且充满了温馨的用餐气氛。

一
整体色调的完美结合

无论是电视背景墙、窗帘的装饰布艺还是墙体壁纸,全部都采用统一色调的渐进色,为整体空间带来深浅不一的层次感。墙体壁纸上暗花纹理,更为整体装修带来一丝低调的奢华感。

23

24

活色生香的摆台设计

低调是整体风格的低调，但是细节处还是要注意奢华的设计概念。茶几上充满东南亚风情的鎏金烛台和水果盘在不起眼的地方，为主人的高品质生活做了最详细的描述。

25

细节决定一切

整体的色调或是装修风格都是简约低调的复古欧式风格，如果出现了一台现代的电话机就未免有些煞风景了。所以无论是电话机或是台灯，都要注意选择略带复古风的欧式设计，在细节上也要注意整体装修理念。

26

白色 无限的浪漫

整体的色调选择白色，在大空间的基础上给
卫浴营造出浪漫的空间气氛。

27

自然光线采光充足

如果装修风格因为色调过暗，那么在设计空间装饰
的时候一定要考虑到自然光线的采光问题。

28

灯光保证书房的光线

因为写字台和书柜都是暗色的实木材质，窗帘也是深色的条文，所以如果在书房中办公或是读书，就一定要保证书房的光源充足。顶灯和台灯两个主光源，加上吊顶上的小射灯，就充分保障了书房的光线。

29

纹理　空间的曼妙旋律

白色的吊顶和灰色的壁纸可能不是那么显眼，但是金色碎花的沙发靠垫与古典风格的地毯，他们的纹理相互融合在一起，使空间充满了曼妙的生活旋律。

时尚厨房空间

空间的充裕并不是本案设计
的关键点，黑白灰的层次分明才
是这个厨房的时尚亮点。

30

31

宫廷式的温馨台灯

　　既是梦幻公主的卧室，自然一切摆设都是宫廷样式。就连台灯也少不了几分维多利亚时期的唯美感觉。灯罩的碎花与墙体壁纸的碎花相宜得章，与整体的粉嫩色调也十分和谐。

32

充满诗情画意的楼梯

　　楼梯的设计充满了欧式风格，特别是深色的马头装饰，让本来没有利用价值的角落空间得到充分地释放，空间气氛也变得深沉、干练。

33

精致实用的床头柜

与化妆台配套的床头柜，同样采用了精美的铜质把手与细致的雕刻工艺，放在公主的床头既可当作贴身衣物的收纳柜，又可摆放纸巾和闹钟，既美观又实用。

34

巧妙隐藏小开关

墙体壁纸的分割线恰巧位于各项开关的所在，加上宫廷式台灯的遮挡，正好掩盖了开关的位置。

35

豹纹躺椅彰显个性

自然至上的北欧自然少不了野兽的存在，人工仿制的豹纹布艺躺椅放置在原木地板上，为北欧的放荡不羁增添了一分野性的魅力，也为主人提供了一个惬意又舒适的休息所在。

色调的整体统一

房间的整体色调很柔和。仿古的墙砖和实木家具相呼应，金色的饰品、古典的雕花纹理，是局部效应带动整体效果的完美典范。

低调卫浴的完美装饰

卫浴的颜色浓重但丝毫没有沉闷的感觉，仅仅运用黑白两色，低调的卫浴空间依然上演完美装饰感觉。

38

简约的双手盆卫生间

双手盆的贴心设计令主人不用再为早上起床抢卫生间而头疼，淡蓝色的拼接地砖使卫生间看起来整洁又高雅。

超级享受的台阶式浴缸

台阶式浴缸令出浴的时候不再因为湿滑的地砖而胆颤心惊，有了一节台阶，无论是迈进或是迈出浴缸都会方便得多。

39

奢华的法式风情

凡尔赛古典宫廷风格承袭自文艺复兴时期的奢华主义，着重强调色彩的表现，强调厚重感、戏剧性、夸张性等特点。其设计理念被今天的设计师视作以人为中心的华丽典范。繁复的空间组合，浓重的布局色调，以及强烈的舒适感与细腻温馨的色调处理，把热情浪漫的艺术效果表达到极致。

40

乐享派的豪华客厅

　　将台球案摆放在客厅里，可谓是多数台球爱好者梦寐以求的事情了。奢华的法式客厅如果缺少了这个台球案，会显得更加空旷。过高的举架也为这项运动提供了足够的空间。这款设计是集运动休闲与豪华庄重与一身的装修典范。

42

法式浪漫壁炉

法国电影中的男女主角总是浪漫的围坐在炉火旁，端着红酒耳鬓厮磨。不能真的在家里生火，做一个假的壁炉还是可以的。

恬静田园风

崇尚自然，喜欢乡村风情的人都会向往田园风格，追求舒适，浪漫的人会对田园生活有着一种崇高的理念，大量的碎花装饰看似凌乱实际却排布有序，无论是墙面还是床上用品都采用统一的花朵图案装饰，令主人在温馨的世外桃源做回真正的自己。

44

浪漫唯美的法式设计

　　法式装修在细致处要浪漫唯美，在空间上要大气磅礴，否则过多的花朵布艺会使整个房间显得局促狭小。采用壁炉作为家里的装饰时，要注意家中的通风条件一定要好。

简约统一的大理石地面

简欧式风格比较适合较大的户型，显示出主人的高贵的身份，地面纯色拼花的地砖，打破了传统的模式，让整个地面简约统一。餐吧台面运用了和地砖一样的石材，大气而不复杂，稳重而不凌乱。

华丽优雅的欧式大厅

　　欧式风格适用于大空间与大户型，欧式风格兼备了豪华、优雅、和谐、舒适、浪漫的特点，受到了越来越多业主的喜爱，这款设计是体现华丽的欧式风格别墅设计，雅致的欧式情调空间，增加空间及生活的情趣，透着浪漫与温馨欧式风格设计。

47 浪漫唯美的欧式浴室

欧式风格是显露尊贵、典雅中透着豪华的设计，欧式风格适合中产阶层以上人群。欧式浴室装修，空间宽敞，带着点欧式风格的优雅，又体现出别墅的豪华大气，还有浪漫与惬意，充分运用各种材质营造出欧式风格时尚的唯美感觉。

48

华美典雅的空间设计

　　欧式风格表现的是高贵与华丽的室内设计，布局华美、典雅情调使得越来越多的人对其产生了浓厚兴趣，空间呈现出华丽的欧式气势，处处都流露着对生活品味的追求，欧式风格装饰最适用于大面积房屋。

中式风格与现代元素的混搭

中式风格不一定意味着沉重的设计，中式元素混搭了现代元素，也让传统的中式风格更符合现代生活方式。选用咖啡色的洗脸台，地砖和墙砖都是是褐色的，色调明快，透着优雅味十足的现代中式浴室情调。

50

和谐温馨的现代卧室

欧式风格设计一般都是以奢华为主，高贵华丽的欧式设计因此大受成功人士欢迎，欧式风格设计的华美、高贵、大气客厅，和谐美观的设计，打造出让人感觉温馨而浪漫的卧室。充分体现出家的美丽，让人静静地感觉着欧式生活的幸福。

51

光影效果创造柔和氛围

　　本案的设计充满高贵、华丽的情调。空间的大尺度调高非常难得，大面积的落地窗也使室内的采光效果非常好，于是，设计师凭借优美的光影效果创造了柔和的空间氛围。

52

宁静安逸的简欧风格

简欧风格是既保留了古典欧式的典雅与豪华，又拥有现代生活的休闲与舒适，简欧风格能够完整地表现出现代人追求的典雅生活。简明的线条设计与质朴的家具组合，简单又舒适的浪漫生活空间让人身心舒畅，同时感觉到简欧风格的宁静和安逸。

温馨舒适的田园风布艺

　　欧式乡村风格拥有自然、朴实、舒适等味道，现代人越来越重视舒适的家居享受，欧式乡村风格因此大受业主们欢迎。利用田园风格的布艺装饰，柔和的色彩搭配，让整个空间都显得格外欧式乡村的味道，吊灯将整个走廊的气氛完美衬托出来，造就了温馨优雅舒适的欧式乡村风格家居。

54 简单利落的线条设计

现代风格是简洁、清雅的家居装修，现代风格的简洁线条与温馨的气氛大受年轻业主喜爱，简单利落的线条，浅色调的色彩搭配，时尚简洁的多样化设计，打造出低调华丽的时尚美，让整个空间都流露出现代风格自然的味道。

简单利落的线条设计

现代风格是简洁、清雅的家居装修，现代风格的简洁线条与温馨的气氛大受年轻业主喜爱，简单利落的线条，浅色调的色彩搭配，时尚简洁的多样化设计，打造出低调华丽的时尚美，让整个空间都流露出现代风格自然的味道。

55

庄重优雅的中式设计

中式风格是庄重与优雅室内设计，中式风格装修给人一种很稳重、很安然的感觉，气息浓郁的中式设计，结合现代元素创意，使中式设计不显得那么沉闷与呆板，温馨舒适自我放松室内空间，给人更强的中式家居视觉效果。

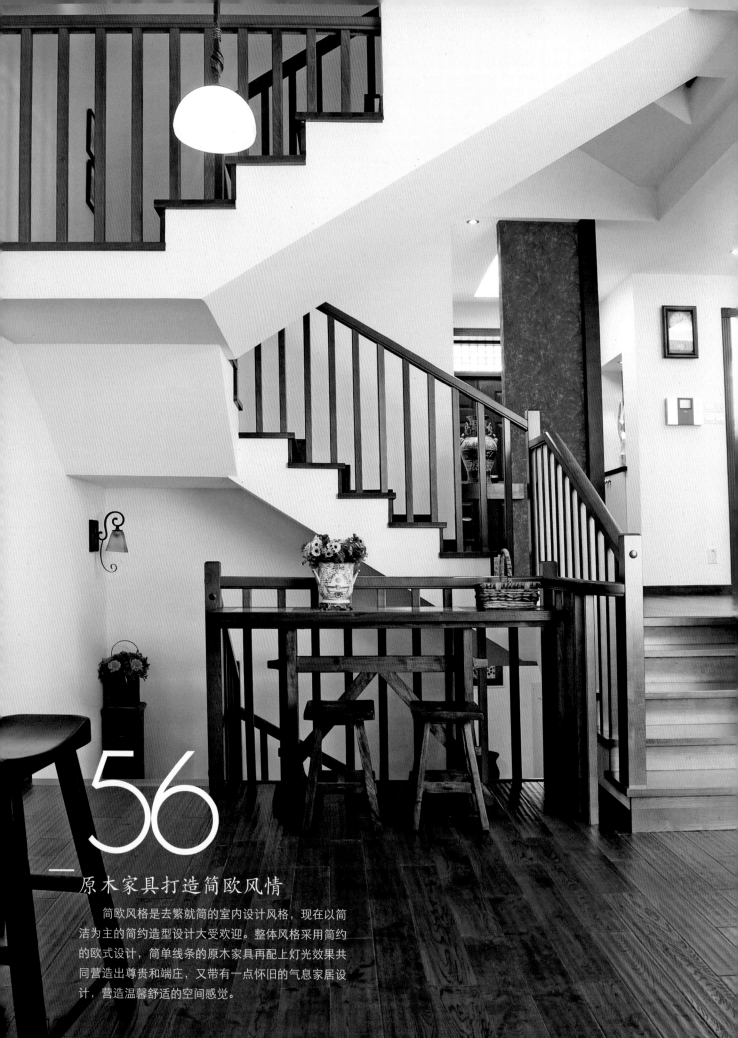

56

原木家具打造简欧风情

简欧风格是去繁就简的室内设计风格，现在以简洁为主的简约造型设计大受欢迎。整体风格采用简约的欧式设计，简单线条的原木家具再配上灯光效果共同营造出尊贵和端庄，又带有一点怀旧的气息家居设计，营造温馨舒适的空间感觉。

温馨设计体现生活品位

欧式室内设计意味着成熟与高贵，欧式设计代表着高贵的品位。整体空间设计以暖色调为主，将温馨带入设计中，给居室营造出即时尚又温馨的感觉。各种装饰的摆设，尽显出豪华浪漫生活品位，是将自然室内奢华演绎出来的家居设计。

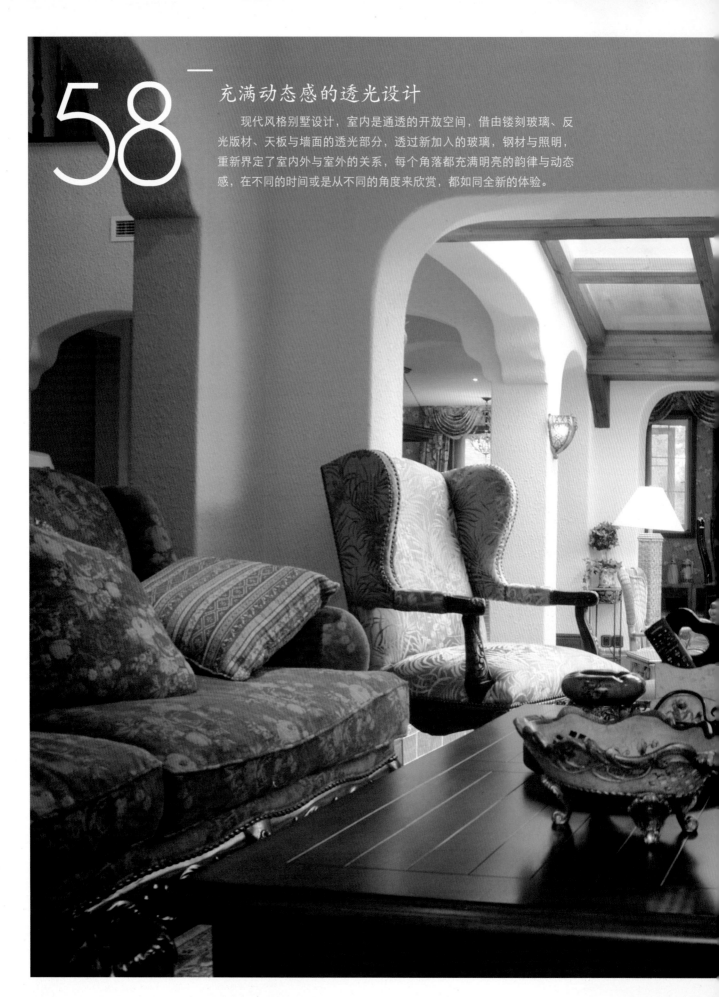

58

充满动态感的透光设计

现代风格别墅设计，室内是通透的开放空间，借由镂刻玻璃、反光版材、天板与墙面的透光部分，透过新加入的玻璃，钢材与照明，重新界定了室内外与室外的关系，每个角落都充满明亮的韵律与动态感，在不同的时间或是从不同的角度来欣赏，都如同全新的体验。

59

功能明确的简欧别墅

　　这栋简欧式别墅，空间内没有壁纸，没有鲜艳色彩，干净的白色、自然的原木色搭配，在功能设置上充分体现了欧式住宅公共空间与私人空间严格区分的特点。走进一楼的客厅，迎面扑来的是一阵古林的味道。精心打造的深色调家具传达着一种气韵，庄重、内敛的性格特征，正符合着欧式简约的风格，室内实用各功能划分的极为置身其中舒适，疲惫的心灵能得到无尽的放松。楼上与楼下仿佛是两个世界，很安静，不易被打扰。多功能的设计更适合现代人的简欧式生活方式。

60

传统与现代碰撞的中式风格

本案以欧式装修为背景，中式风格的古典家具在这里体现了现代和古典的相结合，混搭风格的现代家装更多地利用了后现代手法，表现了非常强烈的现代生活空间，把传统的结构形式通过重新设计组合以另一种民族特色的元素出现。

61

典雅中的大气，欧式简约中国风

为了混搭效果，欧式的环境中也用到了中式的藤椅，颜色也体现着中式的古朴，中式风格的古典家具充斥着整个空间，传统中透着现代气息，现代中揉着古典中式风格的现代家装。

62

优雅感与艺术氛围的完美结合

欧式风格既不同于繁复的古典风格，也不同于干净利落的简约风格。楼上的阅读空间融合中西方艺术精华，通过古典艺术感的书柜和墙壁连接，使空间过渡的恰当而自然。温润的优雅感和艺术氛围让中间区域完全不觉得单调。

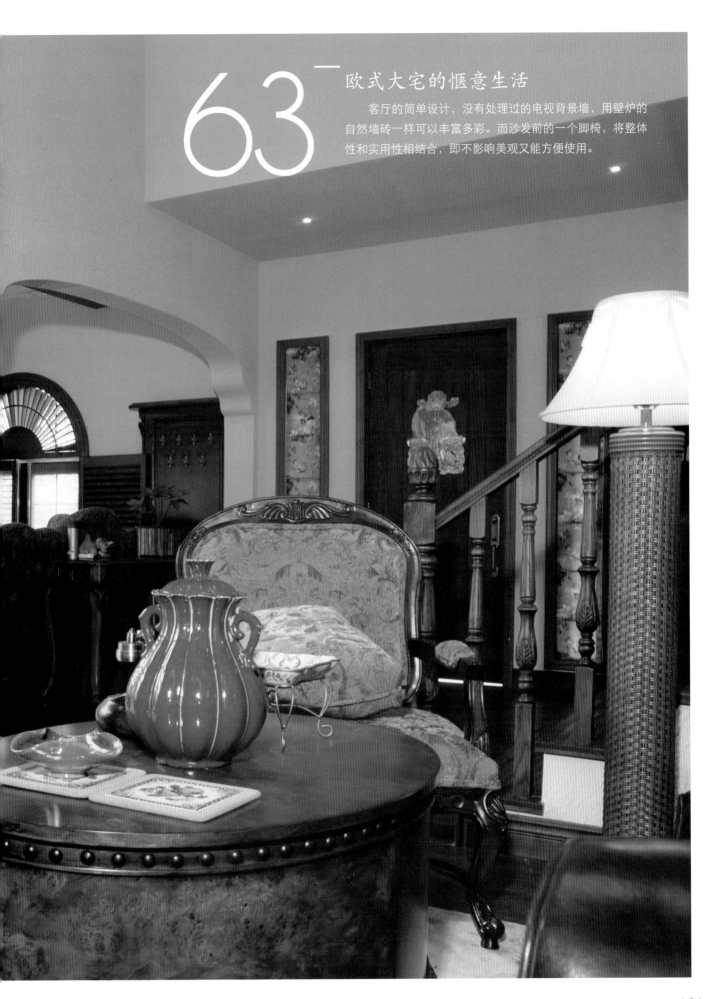

63

欧式大宅的惬意生活

客厅的简单设计，没有处理过的电视背景墙，用壁炉的自然墙砖一样可以丰富多彩。而沙发前的一个脚椅，将整体性和实用性相结合，即不影响美观又能方便使用。

64

欧式风情
彰显时尚典范

　　欧式的设计元素高贵大气，本案运用混搭的设计手法在欧式里融入了现代，采用白色主调，局部配以花色的家私和软装，让空间层次丰富起来。客厅背景直线条的运用，让空间更加大气起来。开放的客厅与餐厅，温馨与时尚并俱。大门把户外自然气息融入室内，艺术性的自然元素一直贯穿整个空间设计的始终，舒适美好的生活梦想需要优越的家居空间来实现，展现独特的优雅与精致的个性。从而打造一个奢华浪漫的欧式居室。

65 清爽的家居新主张

现代风格是清爽明亮的设计风格，现代人渴望简单、轻松、自然的家居生活，现代风格因此受许多人喜爱，本案展示了一个无论是色调还是空间结构，都给人一种经典、时尚、大气的感觉。墙壁以浅米色为主配上深褐色的家具，整个空间在简约中注入些奢华感，透露着神秘的气息现代之家。

古朴、淡雅的异国风情

　　该家居设计属于摩洛哥风格室内装修，空间采用土色色调设计出比较柔和的环境，精细雕刻的楼梯扶手，还有棕色的地板，整体装饰华丽，客厅转弯处的绿色植物和古老的立式挂钟，都充分体现了摩洛哥风格。

67

奢华、大气的装饰追求

现代风格作为近几年一直流行的室内设计，现代风格的简约设计受到了许多年轻人的追捧！本案设计感觉很复古，做得很有韵味，简约的空间设计，时尚的装饰效果，体现了现代时尚个性的生活情调，硬朗中又带有人情味的室内设计。

68

绿色饰家让家焕发充盈生机

　　阳台是一个可以放松心情的地方，本案空间配合为暖调色系，加入高大的阔叶植物，令人感到生机盎然且有时尚感，整个空间没有挤压感，以舒适为主题，阳台中沙发与茶几的曲线边缘，将简单与奢华做到最完美的搭配。

69

清新淡雅，装点浪漫温馨

　　该案例欧式的时尚家居设计造型优雅、装饰线条简洁明快、颜色古朴大方、材料质感丰富、家俱浑厚有力、饰品端庄典雅，欧式的时尚家居设计在视觉中跳动、激响，运用虎皮纹饰的地毯令整个空间奢华感十足，让人感受空间的极简体块与尺度比例关系带来的冲击。

尊贵奢华的时尚典范

即有传统底蕴和又富于前瞻性的生活品位，欧式的时尚家居设计在平淡和谐中突显强烈的感触。欧式的时尚家居设计的气质隐藏在质朴的外表之下自然随意、开放包容，色彩与质感搭配，并且运用各种不同材质，创造出一个大气、尊贵的居住空间，彰显主人的尊贵与品位的欧式的时尚家居设计。

70

71

混搭的新欧式家居设计

　　欧式风格的奢华代表最新设计潮流方向，为现代金领所追捧的时尚风格在此演绎，本案欧式风格的奢华家设计师采用混搭的新欧式家具与现代简约设计手法进行相结合，创造了前沿的奢华与时尚欧式风格的奢华家，楼梯转弯处的窗台高级天然石板及原木，构造了一座奢华金贵的欧式风格的奢华生活馆。

72

新古典欧式家具设计

新古典欧式风格奢华、高贵的设计，欧式风格因此被更多人崇拜，本设计用柔和的色彩营造出一个温馨的空间，灯光打造了高贵动感的欧式空间视觉效果，令生活如此的惬意，简单却又是贵气夺人的新古典欧式家居设计。

GAOGUI

SHEHUA

高贵奢华

01 怀古浪漫的后现代风情

欧式风格是人们追求装饰的个性与风格的设计。本案在细节上的处理可谓独具匠心，地毯、天花、墙纸、靠垫等等，随处可见宫廷式花纹图案的大量运用，充分体现了个性化和优雅的生活气息，将怀古的浪漫情怀与现代人对生活的需求精细结合，容华贵典雅与时尚现代。在设计上摒弃了浓郁的色彩、繁复的装饰，给业主的是一个更温馨的欧式居住空间。欧式里简单的布置和精美的处处体现出一种现代感。时尚与典雅正应了业主所追求的欧式品味家装。

01 怀古浪漫的后现代风情

欧式风格是人们追求装饰的个性与风格的设计。本案在细节上的处理可谓独具匠心，地毯、天花、墙纸、靠垫等等，随处可见宫廷式花纹图案的大量运用，充分现了个性化和优雅的生活气息，将怀古的浪漫情怀与现代人对生活的需求相结合，容华贵典雅与时尚现代。在设计上摒弃了浓郁的色彩、繁复的装饰，给业主的是更温馨的欧式居住空间。欧式里简单的布置和精美的处处体现出一种现代感。时尚与典雅正应了业主所追求的欧式品味家装。

02

尽显典雅别致整体家居生活

　　新古典主义的欧式家居营造一种时尚温馨的高贵家居气氛，新古典主义的欧式家居让回家的人们卸下满身的尘土，忘记城市的喧嚣，摆脱钢筋水泥的世界，沉浸在家的舒适怀抱中，营造一个与自然环境、建筑主体风格和谐，富有东方情趣的居住空间，使主人可以尽情享受雅致的新古典主义的欧式家居生活。

03

风格别致的墙壁设计

新现代风格是中式与现代设计的结合，现代人对于家要求舒适安逸又希望有品位和与众不同，在复古与怀旧潮流影响下，现代风格装修成为了新的时尚设计风格。本设计台球案、柔和的灯光都给整个家增添了独特的韵味，造型别致的凳子，现代艺术的墙壁画让人感觉很与众不同。

高贵与奢华的完美统一

现代风格是简约而不简单的室内设计，现代风格因简约清爽深受业主们喜欢，本案采取现代主义的装饰，整体空间设计简约又具有独特的品味，随意简约时尚的设计，唯美的浪漫气息，抛弃繁琐将清新带入设计之中，搭配出别样的现代风格。

05

自然美丽的地中海风情

不少人都对于地中海风格的家居都很喜欢，但打造一个完全爱琴海希腊风格的家居其实并不容易，除了家居设计需要更多细节之处外，还有地中海风格本身也有希腊、西班牙、意大利各种不同的异域风情，太过繁复的混搭反而让地中海味道失去了细节。蓝白两色的浴室设计则充分展示了地中海风格的异域风情。

蓝色演绎浪漫爱琴海风情

将浴室整体设计成浪漫的蓝色，可以在沐浴中将让忙碌的心情和疲倦的身体得到充分的放松，有一种身处于梦幻般的爱琴海边的浪漫感觉。

07

现代简约欧式家装

　　在这个简单的空间里既有现代简约的利落，又有欧式的古典浪漫。因此设计师摒弃了浓郁的色彩、繁复的装饰，给人的是一个更纯粹的居住空间，时尚与典雅，客厅简单时尚的暗色规则花纹沙发，经典的褐色木质电视柜，这个客厅就是现代简约风格的最好诠释，素雅色调的客厅营造出舒适安静，整个居室既和谐雅致，打造时尚公寓现代简约欧式家装。

08 — 美观实用的欧式设计风格

欧式风格以美观为主营造美观实用的设计，使整个客厅在视觉上更为充实，方形的门框、罗马柱、雕刻细致的走廊扶手都确保了欧式的正规血统。敞开的客厅还兼顾了休闲空间，在通过对每一个空间细节的处理，让欧式之风吹满整个家中。

09

时尚的现代简约风

现代风格是轻松与舒适的生活。现代风格摒弃了浓郁的色彩、繁复的装饰，运动休闲的台球案，配上通透的隔断，这个客厅就是现代简约风格的最好诠释。

10 古朴、典雅中国风

中式风格是古朴典雅的家居设计，中式风格更是有一种亲和力的感觉，本设计怀旧与时尚的混搭摆饰，浓烈色彩的大胆配色和精巧的搭配创造出华美和谐的色彩感空间.在这独具特色的精致空间里，妩媚中蕴藏着神秘，达成自然与和谐中式风格家。

11

素雅、时尚给居室
一丝清爽表情

地中海式风格门厅装修，室内整体以白色为主基调，辅以蓝色及材质，营造出明亮利落的空间视觉效果，让时尚简约的空间氛围中融入自然、温馨、舒适、内敛的设计元素。

混搭风格卓然呈现

　　混搭风格设计是将不同味道的曲线、直线、雕花等组合得让人赏心悦目，本案的混搭装修是将怀旧风格与现代风格融合冲突而成的家居空间，相互突显和补充。为大气的同时更增添了绚丽和妖娆的神秘韵味。

13

一个性家居打造个人品味

餐桌上面摆放的玻璃杯和吊灯，都是典型的现代风格餐具。这样的搭配，营造出十足的现代艺术感。餐厅与餐厅墙面又结合后现代独特的建筑魅力，生活空间释放出的那种神奇而美妙的感觉，显得独具个性特色的家居设计。

灵秀儒雅，中国风韵之居

　　新中式室内设计是充满清雅与艺术魅力设计风格，新中式室内装修能给我们充满文化韵味的生活空间，本案打造的是一个简洁质朴、个性鲜明的效果空间设计，迎面就能感受到浓郁的新中式情调，充满了浓郁的生活气息，这是一套丝毫不显沉重的新中式居所。

15

家居上演现代简欧版水晶之恋

欧式设计打造的是一种奢华、高贵的居住空间，高贵华丽是欧式设计的优点。这是一套欧式风格的别墅设计。室内空间运用了欧式装饰搭配，高尚典雅的气质气氛，整体空间大气宽敞，使整个居室的每一个角落都透着华丽的欧式韵味。

16

居家设计，沉稳绅士

　　新中式风格拥有了一种极致的生活方式，设计主人独享的生活方式，它所包含的一切都拥有主人的气质，更重要的是体现业主的身份气质与品位的家居设计，本案新中式设计简洁中带有点传统的装修，因些在设计中力求线条明快、简洁，利用中式的沉稳，打造出大气和典雅高贵的新中式之家。在进门处，设置了入门的玄关，去营造一个进门的第一道风景，客厅风格轻松，并不营造中式的厚重感，运用帷幔与地转结合的手法营造安静，打造了一个和谐的新中式家居设计。

秀色可餐 "绝色" 餐厅设计

　　每一个家都有着不同的面孔，都呈现出独有的表情，透过对家的观察可以反映出主人的生活方式和对生活的态度，设计中屏弃了造型与材料的繁复叠加，为业主营造出与别不同的个性空间，是一套有淡淡中式和欧式的混搭风格家居设计。

银版新贵，金属装点的时尚家居

现代都市群体中，高品质的生活方式逐步成为大多数人的向往，新欧式的奢华高贵品质，也正成为新潮流、新时尚。本案着重将古典与高贵融为一体，该室内装修整体主要以黄、金两色为主色调，尽显皇家贵族风范。客厅处设计典雅，奢华的餐桌椅搭配以豪华的水晶灯与典雅的欧式家具完美结合，柔和的光线使整个空间显得庄重不失温和，雍容不失温馨。

19

艺术气息成就浪
漫家居

这间暗色调的的欧式卫生
间，是一个惊人的设计，高贵
又华丽，而且还有一种酷的感
觉，总体布局采用了很多奢华
布置，金色与褐色的壁纸，非
常有个性与品味，高品质的材
料也是围绕着较暗的颜色方案
主题制作的。

至尊时尚家居

欧式风格时尚高雅的装修特点，大受人们喜爱；喜欢古典与雅致的朋友一般会选择欧式风格的装修，咖啡色调的空间更增添了欧式典雅的色彩。以咖啡色为主色调，其间点缀奶白色，为飘逸纯净的风格添加一份姿色。搭配风格独特的装饰品，将这个家装扮得与众不同，打造出层次感分明的欧式之家。

20

21

诠释生活主题

　　立体的镜子中使用了包金的装饰框，用颜色让整个客厅显得协调，欧式的吊灯与茶几相呼应。客厅洋溢着浓浓的欧式风情，艺术感极强的花瓶，晶莹剔透的烛台，无不从细节感受到欧式的浪漫氛围。

22

现代与传统相结合的中式风格

中式风格室内装修是将中国传统文化在现代背景下演绎的家居设计，中式风格室内装修并不是元素的堆砌，而是通过对传统文化的理解和提炼，将现代元素与传统元素相结合，以现代人的审美需求来打造富有传统韵味的空间，让传统艺术在当今社会得以体现。中式风格室内装修将其中的经典元素加以丰富，同时摒弃原有空间布局中等级、尊卑等封建思想，给传统家居文化注入了新的气息。

23

欧式开放厨房

厨房利用开放式手法运用到室内空间，更有一种韵律的美感。厨房与餐厅间的门框不仅是直线条的对称，也可以是曲线的对称，这样的风格独特别致。整体的软装搭配呈现出低调内敛的欧式华贵气息。

24

繁复花纹的奢华家装

豪华别墅装修，以繁复花纹为主要布置题材，所有细节的巧妙设计令花纹都化成一道极具独特的风景线，欧式风格的奢华家简单而又不失华丽，高雅又具趣味，是别出心裁的欧式风格的奢华家装。

25

自然恬静的田园别墅

　　自然恬静的田园生活也成了人们生活的一种追求。带有田园色彩的别墅装修，客厅宽敞明亮，功能齐备，还洋溢着清新的田园气息。整体的颜色基调搭配的细微有致，使用的家具颜色与整个客厅的颜色都很和谐，小碎花的布花在客厅尽情绽放，令整个房间更加温馨。

26

暖色调营造温馨氛围

　　客厅设计采用橘色、紫红、大红各种暖色调叠叠加加，温馨的暗香弥漫着整个客厅，生活就是如此惬意。田园式装饰带着浓烈的世俗风情成为了一道最时尚的风景。

27

角落也体现奢华之美

　　古典的化妆镜与家具令卧房也彰现着大气。空间的完美结合显示出装修的奢华，即便是卧室的一角也体现着奢华之美。庄重、严谨的贵族气息家居设计，田园风情配饰的运用显示了主人的尊贵的地位和浪漫的情怀。

28

弱化专业功能的欧式家装

欧式家居就是对大客厅和大卧室的追求，体现成熟的生活质量，强调绝对的个人居住感受，弱化客房及书房等专业功能性强，但使用功能最少的空间。主卧拥有了独立的卫浴间，使主人房成为了一个可以独立操作使用的私密空间，营造出一种轻松的欧式家庭气氛。

29

休闲浪漫的田园风情

欧式田园风格家居装修，设计追求的一种恬适的意境。空间合理的利用，没有半点多余空间；稳重的色彩搭配，处处都流露着欧式时尚的气息；楼梯转弯处的书柜设计，使整个空间的感觉在时尚中增加实用功能，简洁又不失现代感。再配合上精致的吊灯，提升了空间的档次，为空间增添了几分休闲浪漫的情调，不但增添了情趣，还令视觉空间倍增，让住户充分领略欧式空间设计给生活带来的惊喜。

英伦风情的卫生间设计

　　田园家居只需要一点布艺的装饰就可以很好的表现出清新淡雅的情怀，并不是一定要花枝招展的花色配饰，简简单单还原最根本的田园风情。带有英伦风情的卫生间设计，田园风情的壁纸选择让整个卫生间看上去清新淡雅，壁纸的色彩和化妆镜将田园风情表现的淋漓尽致。

31

打造明亮的客厅

　　家是一个可以放松心情的地方，客厅的采光条件也是家庭装修的关键点之一，加入现代时尚元素，整个空间因此减少了压迫感，以舒适为主题，打造出明亮的客厅。

32

精细的布局让空间舒适、典雅

　　以白色为主色调的别墅设计，颜色搭配的漂亮，空间感也好，透露出以现代、温馨的家的感觉。装修中立柱干净流畅的线条、精细的布局让空间舒适、典雅，强调功能与审美的完美结合。

33

时尚混搭的艺术典范

从这套房子中能发现田园风格、现代风格和欧式装修。各种家居风格混搭的自然之家，带来了出众的设计效果。田园风格较多的使用了绿色植物的装饰，客厅设计以白色调为主题，再加上绿色植物的在室内的摆放，给人带清新自然的现代风格感受。客厅中的餐台、吊灯，都含有改良过的欧式装修元素。

34

浅色调的混搭装修

 混合了现代风格和古典装修的元素，简洁合理的空间布局，以浅色调为家居主题，色调、灯光、装饰的结合，有种时尚潮流的感觉，给人一种舒适、安逸的感觉，房间的主色调相似，都是灰色和白色的搭配，客厅里家具和装饰都非常有特色。

35

欧式奢华与中式古典的完美结合

　　混搭风格家居设计是利用设计概念和材料结合了简欧现代主义和中国传统审美意识，通过空间形式和材料的应用，创造出了个性化的世界。欧式风格的繁复线条和雕花大部分被现代简约化，余下的古典韵味，与中国的民族古典风恰到好处的缠绕起来，打破了欧式纯色的单调感，注入了低调沉稳的整体色调。

36

开阔独立的客厅

　　这是一间客厅，平常可以看书休闲，有朋友来访也可以在此畅谈。客厅区域使用了布艺的沙发非常舒适，电视是直接安装在墙上的，非常省空间。公寓里的白色墙面更利于展示装饰品，白色的双开门使整个空间既可以开阔又可以相互独立，是颇为用心的一处设计。

37

简约设计成就经典装修

简约设计、简单生活，室内抛弃无畏繁复的装饰，简约是它的设计风格。简约设计就如同具有质感的白纸，可以随着时间的推移对环境进行调整。让人感受一份轻松，以一种简约的形式生活的简欧家居装修就是成功的装修。

38

具有北欧风情的超大空间设计

　　一种简单的干净色调，使整体风格在空间中更显时尚。门廊随着应用分明的浅米色使用，创建出一个纯粹的，干净清爽的环境。当墙壁与地面采用相同色调及材质的装修材料，就创造出具有北欧风情家居的更大的空间设计。

39

鲜花点缀奢华气息

　　客厅的摆设中的博古架类似通常采用的整体书柜，既节省空间又增加了合理的收纳。家中摆放的白色鲜花，可以增强装饰效果，现代风格的褐色的沙发和茶几与家中的整体风格相统一，而且墙面做了墙裙的方式，空间里的每个角落都流露出奢华欧式装修风格的气息。

40

落地窗打造大客厅空间

　　这套精致奢华的现代风格小居室，通过灯具、落地窗、有特色的家居饰品来营造出别具一格的家庭氛围。因为是属于小户型，落地窗的利用可以在视觉上增大客厅空间，现代风格小居室采用了浅色的墙壁和家居饰品相搭配也能在视觉上打造大空间的感觉。纯色的布艺沙发能够很好的体现房主的现代风格居室品位。

现代高雅的北欧风格

　　北欧风格的家居设计，客厅清晰的线条充满了北欧的味道，给人一个干净的现代设计。黑色的丝绒沙发，大厅使用浅色的地砖，塑造出了一流的高雅感觉。

利用自然光源扩大客厅空间

充分利用客厅的采光度，在客厅的采光处设置了电视背景墙，既利用了自然光源又简化了设计，扩大了客厅的视觉空间和采光。客厅里的欧式元素与玻璃和木质楼梯的现代感碰撞，强大的反差产生了意想不到的效果。

43 居家自然栖息地

这是楼梯下的一处空间，在这里设计师选择了白色家具与绿色植物作为空间的装饰要素。这个空间不大，既可以是阅读空间，也可以当做一块属于自己的居家自然栖息地。

44

敞开式厨房体现人文设计

厨房不再是简单的独立空间，而是和餐厅一体的装饰空间。整个厨房运用浅色的整体装饰，这样就显得比较干净整洁，享受身心放松。小吧台和酒柜的设计也是神来之笔，令餐厅变成是享受身心放松的地方，这样简单大气的搭配比起传统的欧式风格更适合于享乐派的人。

45

简单布置打造现代典雅餐厅

清新而典雅的用餐区紧挨着客厅，餐厅没有过多的颜色，但是简单的布置和精美的处处体现出一种现代感，整体空间打造出时尚与典雅的现代简约设计。

米色壁纸折射贵族生活

餐厅空间比较简单，只用了米色壁纸和黑色餐台的处理，将夹层空间设计成餐厅使用，为实际生活的需要。清新自然的壁纸下折射出的是与众不同的贵族般梦幻气氛。而精致的水晶餐具和丝绒座椅，则营造了一种唯美的欧式风格浪漫空间。

46

47

沉稳中透露可爱的欧式客厅

　　欧式风格设计巧妙的在夹层和客厅交接处运用了局部浅浮雕修饰，配上实木扶手的设计，即达到了大气的装饰效果，又能保持空间统一。用可爱的蝴蝶浮雕装饰空间，让沉稳的欧式客厅也有了可爱调皮的一面，丰富了空间，丰富了生活。

图书在版编目（ＣＩＰ）数据

奢华经典200例 / 东易日盛编辑部主编. ―― 长春：
吉林科学技术出版社， 2010.5
ISBN 978-7-5384-4666-1

Ⅰ. ①奢… Ⅱ. ①东… Ⅲ. ①住宅―室内装修―建筑
设计―图集 Ⅳ. ①TU767-64

中国版本图书馆CIP数据核字(2010)第046685号

東易日盛®
家居装饰集团

奢华经典
200例
LUXURY CLASSIC

东易日盛编辑部 / 主编
责任编辑 / 崔 岩　杨超然
特约编辑 / 邓 娴
封面设计 / 崔 岩　崔栢瑞
图片提供 / 东易日盛家居装饰集团股份有限公司
首席摄影 / 恽 伟
设计助理 / 邓 娴　沈 杨　李 璐　崔 城　刘 冰　田天航　李 爽
　　　　　赵淑岩　沈 彤　陈 瑶　韩淑兰　韩志武　王 倩　张 萍
　　　　　崔梅花　韩宝玉　王 伟　朴洁莲　具杨花　宋 艳
内文设计 / 吴凤泽　李 萍　潘 玲　潘 多　田 雨

吉林科学技术出版社出版、发行
社址 / 长春市人民大街 4646 号
邮编 / 130021
发行部电话 传真 / 0431-85677817　85635177　85651759
　　　　　　　　　　 85651628　85600611　85670016
储运部电话 / 0431-84612872
编辑部电话 / 0431-85679177　85635186
网址 /www.jlstp.com
实名 / 吉林科学技术出版社
印刷 / 长春新华印刷集团有限公司

如有印装质量问题　可寄出版社调换
889mm×1194mm　　16 开
11.5 印张　　100 千字
2010 年 7 月第 1 版　　2010 年 7 月第 1 次印刷
ISBN　978-7-5384-4666-1
定价 / 39.90 元